Para todos los que tienen una
mala reputación no merecida

To all those with an
undeserved bad reputation

ISBN 0-292-70874-2

Acknowledgements

The author would like to thank the following people for their help in creating this book:
Rodrigo Medellín, Clementina Equihua, Joaquín Arroyo, Jenny Pavisic, María de Jesús Teniente, María Luisa Franco, Manola Rius, Eduardo Lan, Steve Walker, and Sara McCabe.

Bat Conservation International and the Programa para la Conservación de los Murciélagos Migratorios gratefully acknowledge our partners in the protection of migratory bats, who made this publication possible:

Valentín, un Murciélago Especial

Valentin, a Special Bat

By Laura Navarro

Illustrations by Juan Sebastián

El momento había llegado, en un árbol de un bosque tropical de Latinoamérica, después de casi siete largos meses de espera; el bebé murciélago nació y su madre decidió llamarle Valentín. Aunque Valentín era pequeño, era muy curioso. ¡Quería saber todo lo que pasaba a su alrededor! Cuando caía la noche, Valentín veía que todos los murciélagos adultos salían a buscar comida y que al regresar, la compartían con los que no habían encontrado alimento.

The moment had come. On top of a tree in a tropical forest in Latin America, after almost seven long months of waiting, a baby bat was born, and his mother decided to call him Valentin. Although Valentin was small, he was a curious creature. He wanted to know everything that took place around him! When night fell, Valentin saw how all the adult bats went out in search of food, and, upon their return, shared the food with those who hadn't found any.

Valentín, que era muy inquieto, quería ser grande para dejar de tomar leche y salir con los demás a buscar su comida.
Al fin un día su mamá le dijo que esa noche la acompañaría. Valentín estaba entusiasmado de ver por primera vez la luna y las estrellas. Ya sabía lo difícil que era encontrar la comida, entendió entonces la importancia de compartir. A cualquiera le puede pasar que un día no encuentre comida.

Valentin, who was very restless, wanted to grow up so that he could stop drinking milk and go out with the other bats in search of food.
Finally, one day his mother told him he could join her that night. Valentin was very excited upon seeing the moon and stars for the first time. Now that he saw how difficult it was to find food, he understood the importance of sharing. Anybody could have a bad day out and not find enough food.

Una mañana, mientras todos los murciélagos dormían en su árbol hueco se escucharon unos ruidos muy fuertes, tan fuertes, que despertaron a toda la colonia. Los murciélagos adultos se voltearon a ver unos a otros y dijeron: "Son hombres. Hay que estar atentos."
Valentín sintió mucha curiosidad y decidió que en la noche se separaría del resto de la colonia para ir a ver con sus propios ojos qué era lo que sucedía.

One morning, while the bats slept in their hollow tree, there were some very loud noises. The noises were so loud, the whole colony was awakened. The adult bats looked at each other and said, "There are men. We must be careful."
Valentin became very curious and decided to leave the rest of the colony that night to go and see with his own eyes what was happening.

Apenas oscureció, Valentín salió volando muy rápido y se dirigió al lugar de donde provenían los ruidos. Al llegar, vio que todos los árboles habían desaparecido y que los animales corrían hacia el bosque pues ya no tenían casa ni comida. ¡En lugar de árboles había unas casas extrañas y un gran corral con muchos animales que no eran del bosque!

Valentín, que no podía creer lo que sus ojos veían se acercó más al corral y de pronto unos hombres lo vieron: "¡Atrapen a ese vampiro y mátenlo! ¡Es malo, come sangre y tiene rabia!" comenzaron a gritar.

As soon as it got dark, Valentin quickly flew away and headed towards the place from which the sounds had come. When he got there, he saw that all the trees had disappeared, and the animals were running towards the woods because they had no shelter or food. Instead of trees, there were some strange houses and a great corral with many unfamiliar animals!

Valentin could not believe what he was seeing. He got closer to the corral when, suddenly, some men saw him and started shouting, "Catch that vampire bat and kill it. They're evil. They eat blood and have rabies!"

Muy asustado Valentín voló lo más rápido que pudo y cuando por fin llegó a su árbol se sintió triste.
"¿Por qué dicen que soy malo?" se preguntó. "¿Qué será eso de la rabia?"

Valentin, who was very frightened, flew away as fast as possible. When he finally got to his tree, he felt sad.
"Why do they say I'm evil? What is rabies?" he wondered.

Al día siguiente, Valentín se sentía muy afligido y pensó: "Si soy malo porque como sangre, entonces buscaré otro tipo de comida." En la noche, cuando todos salieron a comer, él se fue solo por el bosque donde había unos murciélagos que no eran de su colonia. Valentín se acercó y les preguntó: "¿Ustedes qué comen?"

"Nosotros comemos insectos, ¡ven con nosotros!"

Se fue con ellos e intentó comer insectos, pero por más que abrió la boca como hacían sus nuevos amigos, sólo logró atrapar una palomilla que no le quitó el hambre.

The next day Valentin was very sad and thought: "If I am evil because I eat blood, then I'll look for another type of food." That night, when all the other bats went out to eat, he went by himself to another part of the woods where there were some bats that did not belong to his colony. Valentin flew next to them and asked, "What do you eat?"

"We eat insects. Come with us!" they said.

He went with them and tried to eat insects. But even though he opened his mouth as they did, he was able to catch only a small moth, which did not satisfy his hunger.

Al poco rato Valentín se encontró con otra colonia de murciélagos y les preguntó: "¿Ustedes qué comen?"
"Nosotros comemos fruta. Ven, te enseñaremos." Fue con ellos hasta un árbol lleno de guayabas, pero por más que intentó romper la cáscara de las frutas, no lo logró.

Some time later, Valentin found another bat colony and asked them, "What do you eat?"
"We eat fruit," they replied. "Come, we'll show you."
He went with them to a guava tree, but no matter how hard he tried, he could not break the skin of the fruit.

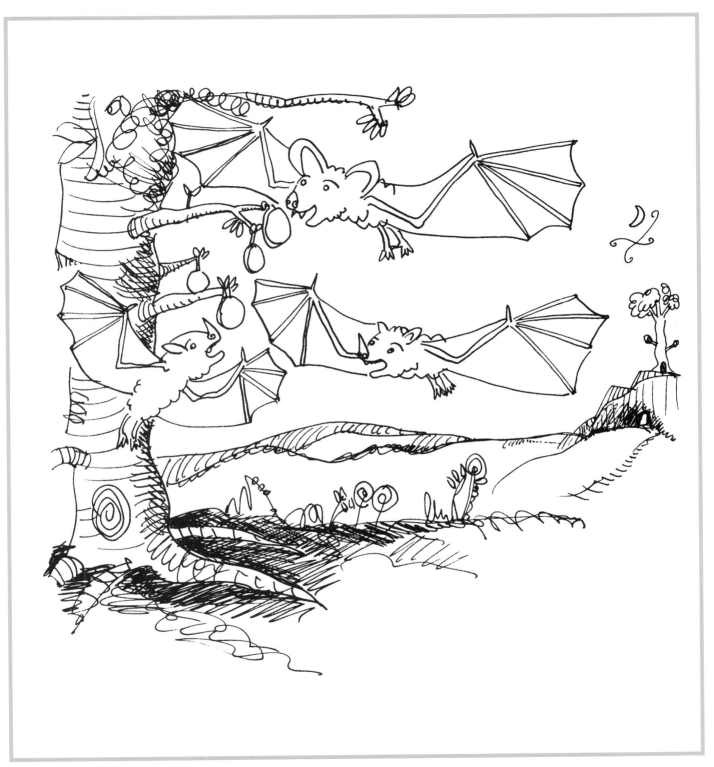

Más tarde vió a otros murciélagos cerca de unas bonitas flores "¿Ustedes qué comen?" preguntó.

"Es muy rico lo que comemos," le contestaron, "y además es muy fácil de conseguir: sólo tienes que meter tu cara en una flor y con la lengua saborear el rico polen y néctar."

Valentín lo intentó pero su cara no cabía en las flores y su lengua no alcanzaba nada.

Later on, he saw some other bats near some pretty flowers. "What do you eat?" he asked.

"What we eat is very tasty," they answered, "and it's easy to find—you only have to stick your face in a flower and gather the sweet pollen and nectar with your tongue."

Valentin tried to do as they instructed, but his face did not fit inside the flower, and his tongue could not reach anything.

Valentín vió que ya iba a amanecer y regresó a su árbol. Estaba triste, hambriento y decepcionado. Al verlo así, sus compañeros le preguntaron: "¿Qué te pasa Valentín? ¿Estás triste porque no encontraste alimento? ¡Ven, nosotros te compartiremos del nuestro!"

Pero Valentín les dijo que no; le dolía la panza y estaba cansado. "Qué raro que Valentín no haya conseguido alimento," pensaron sus amigos, "si ahora hay muchísima comida con todos esos animales nuevos que trajeron los hombres. ¡Incluso han venido del bosque muchos murciélagos vampiros porque aquí hay mucha comida!"

Valentin saw dawn was about to break and flew back to his tree. He was sad, hungry, and disappointed. When his friends saw him they asked, "What's the matter, Valentin? Are you sad because you didn't find any food? Come with us, we will give you some of ours!"

But Valentin did not want any; he had a tummy ache and was tired.

"How strange that Valentin did not find any food," his friends thought. "There is a lot of food now with all those new animals the men brought. There are even a lot of new vampire bats in the woods because there is so much food!"

La noche siguiente Valentín no quiso salir a comer. Se quedó solo en el árbol hueco, sin ganas de hacer nada pues se sentía muy débil. De pronto entró un zancudo gordo que se le quedó viendo.

"¿Qué te pasa?" le preguntó, "Te ves muy afligido."

"Estoy triste porque dicen que soy malo porque como sangre," le contestó Valentín. "He intentado comer otras cosas, pero no puedo, ¡y tengo mucha hambre!"

Valentin did not want to go out to eat the next night. He stayed by himself in the hollow tree, with no desire to do anything. He felt so weak. Suddenly, a fat mosquito came in and stared at him.

"What's wrong?" asked the mosquito, "You look so sad."

"I'm sad because others say I'm evil for eating blood," answered Valentin. "I have tried to eat other things, but I can't. I am so hungry!"

El zancudo soltó una carcajada y le dijo, "Yo también como sangre y eso no es malo. Todos somos diferentes y estamos hechos para comer cosas distintas. ¡Imagínate si todos comiéramos lo mismo!, la comida no alcanzaría. Todos los animales formamos parte de una cadena alimenticia."
Valentín se sintió entonces más tranquilo, aunque todavía tenía muchas dudas. Como estaba hambriento, salió volando a buscar comida.

The mosquito laughed and said, "I also eat blood, and there is nothing wrong with it. We are all different, and we were born to eat different things. Can you imagine if we all ate the same things? There would not be enough food for all of us. All animals are part of a food chain."
Valentin felt better, although he still had many doubts. Realizing he was still hungry, he flew out to find food.

Cuando llegó al corral, los animales ya estaban dormidos. Se dirigió a uno de ellos y se alimentó. Cuando terminó, Valentín se dio cuenta de que el animal no había sentido nada pues seguía dormido tranquilamente.

"Me caen bien esos animales," pensó.

When he arrived at the corral, all the animals there were sleeping. He went towards one of them and ate. When Valentin had finished, he realized that the animal was still sleeping peacefully and had not felt any pain.

"I like those animals," he thought.

Al día siguiente, en cuanto se puso el sol, Valentín se preparó para ir nuevamente a donde estaban esos animales que tanto le intrigaban. Cuando llegó y vió que algunos de ellos estaban despiertos todavía, hasta se animó a hablarle a uno de ellos.
"Hola, soy Valentín, ¿y tú cómo te llamas?, ¿Qué animal eres?"
"Soy Rosaura, la vaca," dijo uno de ellos.
"¿Y porqué estás aquí en el bosque?"
"Los hombres nos trajeron porque aquí hay más espacio. Y ahora me voy a dormir, estoy muy cansada," dijo Rosaura mientras cerraba los ojos.

The next day, as soon as the sun went down, Valentin got ready to leave again, to go see those interesting new animals at the corral. When he arrived and saw that some of them were still awake, he decided to talk to one of them.
"Hi, I am Valentin. What's your name? What type of animal are you?"
"I am Rosaura, the cow," said one of them.
"And why are you here in the woods?"
"The men brought us here because there is so much space," Rosaura said, as she closed her eyes. "But right now I am going to sleep; I am very tired."

Valentín se despidió y regresó a su árbol hueco. Ahí se reunió con sus amigos y comenzaron a limpiarse unos a otros. Todos platicaban de los nuevos grupos de murciélagos vampiros que habían llegado a la zona.

"¡Somos muchísimos," decían unos, "cada día somos más!"

"¡Claro!, con todos esos animales que trajeron los hombres, aquí es más fácil encontrar comida que en el bosque," decían otros. "Ya no tenemos que compartir la comida con nadie."

Valentin said good-bye and went back to his hollow tree. There he joined his friends, who were cleaning themselves and each other. They were all talking about the new group of vampire bats that had arrived.

"There are so many of us now, and there are more everyday!" they commented.

"Of course, with all those animals the men brought, it is now easier to find food in the forest," one of them said. "We no longer have to share."

A Valentín le gustaba platicar con Rosaura. Un día se dio cuenta de que había varias vacas que se veían muy mal!

"¿Qué les pasa?" preguntó Valentín.

"Esa se cayó en un hoyo y se le rompió una pata," dijo Rosaura, "y esas otras tienen rabia."

"¿Qué es rabia?" preguntó.

"Es una enfermedad que algunos murciélagos vampiros contagiados con ella nos transmiten cuando se alimentan de nosotros, pero no todos los murciélagos vampiros tienen rabia."

"Entonces somos malos por tener rabia."

"No," contestó Rosaura, "nadie tiene la culpa de padecer una enfermedad. En realidad el problema es que cada día hay más de tu especie por aquí."

Valentin liked talking to Rosaura. One day while visiting her, he noticed there were several cows that looked really sick!

"What's wrong with them?" he asked.

"That one fell in a hole and broke her leg," said Rosaura, "and those others have rabies."

"What's rabies?" he asked.

"Rabies is a disease. Sometimes vampire bats have this disease, and they infect cows when they feed on us. Not all vampire bats have rabies, though."

"Then we are evil because we have rabies, aren't we?"

"No," said Rosaura, "nobody is at fault for having a disease. The problem is that there are more and more like you here everyday."

Cuando regresó a su árbol, Valentín estaba muy pensativo. Rosaura le había enseñado muchas cosas, especialmente que él no era malo. Además, se daba cuenta de que los murciélagos de su grupo, como ya no tenían que compartir su alimento con otros, se habían vuelto egoístas, presumidos y todo el tiempo estaban peleando y compitiendo con los otros grupos.
Esa noche su madre lo llamó y le dijo: "Valentín, ya eres grande, es hora de que te separes de este grupo y te vayas con todos los demás jóvenes machos hasta que encuentres a las hembras que formarán tu colonia."

Valentin returned to his tree, thinking deeply. Rosaura had taught him many things, especially that he was not bad. Moreover, he realized that since the bats in his group didn't have to share their food with others, they had become selfish and conceited, and they were always fighting and competing with the other groups.
That evening, his mother called him and said, "Valentin, you are old enough now, it's time for you to leave and go with all the other young males until you find females to form your colony."

Valentín se reunió con los demás jóvenes y les propuso:
"Vayámonos lejos de aquí; regresemos al bosque, ahí la vida
será mejor para nosotros. Aunque es más difícil encontrar
alimento, estaremos más contentos, ya no competiremos con los
otros grupos y compartiremos nuestro alimento con los que no
encuentren, como siempre."
Sus amigos estuvieron de acuerdo, y al ver que se iban muchas
hembras jóvenes también los siguieron.

Valentin joined the rest of the young males and said: "Let's go
far away from here. Let's go back to the woods. Life there will be
better for us. Although it is more difficult to find food there, we
will be happier because we won't compete with the other groups,
and we will share our food with those who don't find any, the
way it has always been."
His friends agreed with him. Just then, they saw that many
young females were also leaving, and they followed them.

Fin
_____
The End

Controlling Vampire Bats

The threat of rabies is a constant concern for Latin American cattlemen. To protect their livestock, some ranchers exterminate all bats they find. Tragically, this approach rarely eliminates the vampire bats that prey on cattle, but instead kills insect- and fruit-eating bats that are beneficial to agriculture and the environment. Meanwhile, vampires continue to thrive, and these regions rapidly lose the bats that consume many of agriculture's most costly insect pests and that disperse seeds and pollinate plants vital to the propagation of tropical forests.

Several simple, affordable, and effective methods have been developed for controlling vampire bats without harming other beneficial bat species. Bat Conservation International (BCI) and the PCMM (see pages 46 and 47) have been teaching these methods to cattlemen for more than a decade.

For more information, please contact BCI or the PCMM.

Control del Murciélago Vampiro

(Nota informativa para padres y maestros)

La amenaza de la rabia es una de las preocupaciones constantes de los ganaderos latinoaméricanos. Para proteger su ganado, algunos rancheros exterminan todos los murciélagos que encuentran. Desgraciadamente este método rara vez elimina a los que se alimentan del ganado, sino por el contrario mata a los murciélagos que benefician a la agricultura y el medio ambiente. Mientras los murciélagos vampiros continúan prosperando, estamos perdiendo rápidamente muchas especies de murciélagos que consumen diversas plagas que afectan a la agricultura y que polinizan las plantas y dispersan las semillas de los árboles en los bosques tropicales.

Se han desarrollado varios métodos simples, baratos y efectivos para controlar los murciélagos vampiros sin dañar otras especies benéficas de murciélagos. Bat Conservation International (BCI) y el Programa Para La Conservación de Los Murciélagos Migratorios (ver páginas 46 y 47) han enseñado estos métodos a los rancheros por más de diez años.

Para más información, por favor contactar a BCI o el PCMM.

Did You Know?

There are nearly one thousand kinds of bats in the world. Only three of these species are vampire bats, and they live only in Latin America.

More than two-thirds of bats eat insects; one-third eat fruit or nectar; about one percent eat fish, mice, frogs, or other small animals; and less than one-third of one percent eat blood.

Many things people believe about bats are not true. Bats are not blind, they aren't rodents, and they don't get tangled in people's hair.

¿Sabías que?

Existe casi un millar de tipos de murciélagos en el mundo. Solamente tres de dichas especies son murciélagos vampiros y sólo viven en Latinoamérica.

Más de dos tercios de los murciélagos comen insectos; un tercio come fruta o néctar; cerca del uno por ciento come peces, ratones, ranas u otros animales pequeños; menos del 0.3 por ciento se alimenta de sangre.

Muchas creencias de la gente acerca de los murciélagos no son ciertas. Los murciélagos no son ciegos, ni roedores, ni se enredan en el pelo de la gente.

Did You Know?

Insect-eating bats are primary predators of beetles, moths, and other insects that cost farmers and foresters billions of dollars every year.

Nectar- and fruit-eating bats pollinate flowers and disperse seeds that make rain forests grow and deserts bloom.

Los murciélagos insectívoros son los principales depredadores de escarabajos, polillas y otros insectos que le causan pérdidas económicas de millones de dólares cada año a la agricultura.

Los murciélagos que comen fruta y néctar, polinizan y dispersan semillas, lo que hace que las selvas crezcan y los desiertos florezcan.

Recommended books about bats for further reading (in English)

Batman: Exploring the World of Bats
by Laurence Pringle
Charles Scribner's Sons, New York, 1991
The story of Merlin Tuttle's fascination with bats from his youth until he founded Bat Conservation International, Inc. 24 color photographs.

Extremely Weird Bats
by Sarah Lovett
John Muir Publications, Santa Fe, 1991
Descriptions of 21 of the world's most interesting and unusual bat species with full-page color photographs.

Marcelo el Murciélago / Marcelo the Bat
by Laura Navarro, illustrations by Juan Sebastián
Bat Conservation International, Inc., Austin, Texas, 1997
A heartwarming bilingual tale about a young bat's confusion when his colony migrates. First in the series of Spanish-English storybooks from Bat Conservation International and the PCMM (see page 47).

Shadows of the Night: The Hidden World of the Little Brown Bat
by Barbara Bash
Sierra Club Books for Children, San Francisco, 1993
A description of a year in the life of a little brown bat, illustrated with rich watercolors.

Stellaluna
by Janell Cannon
Harcourt, Brace & Company, New York, 1993
A beautifully illustrated story about a bat raised by birds.

Libros sobre murciélagos recomendados para lecturas adicionales (en español)

Marcelo el Murciélago / Marcelo the Bat
por Laura Navarro, dibujos por Juan Sebastián
Bat Conservation International, Inc., Austin, Texas,1997
Una entrañable historia bilingüe acerca de la confusión de un pequeño murciélago cuando su colonia inicia la migración. Es el primero de una serie de cuentos en español e ingles producidos por Bat Conservation International y el PCMM (ver página 47).

Rufus
por Tomi Ungerer
Alfaguara, España, 1980
Rufus es un murciélago curioso que descubre de pronto lo bellos que son los colores del universo, un día se pinta de bonitos tonos y la gente se asusta de él.

Tuiiiii
por Gilberto Rendón Ortiz
dibujos por Trino Camacho, color por Martha Aviles
Consejo Nacional para la Cultura y las Artes y C.E.L.T.A.
Amaquemecan, Mexico, 1992
Un niño se hace compañero inseparable de un murciélago. Pero su tribu no tenía gran simpatía hasta que un día descubrieron algo maravilloso.

THIS BOOK IS a product of Bat Conservation International and the Program for the Conservation of Migratory Bats of Mexico and the United States (PCMM).

Bat Conservation International (BCI) is a non-profit organization committed to the protection of bats and their habitats. BCI addresses this uniquely challenging and neglected area of conservation by changing attitudes, not by confrontation. All of BCI's efforts are based on scientific research, public education, and direct conservation.

The PCMM is a collaboration between BCI, the National University of Mexico, the Mexican Mammal Society, the U.S. Fish and Wildlife Service, and other universities, organizations, and government agencies on both sides of the border. Through research, education, and partnership, the PCMM is working to recover and conserve the populations of migratory bats that move between Mexico and the United States.

Bat Conservation International

P.O. Box 162603 Austin, Texas 78716 USA
Phone: (512) 327-9721
Fax: (512) 327-9724
http://www.batcon.org

ESTE LIBRO ES una producción de Bat Conservation International y el Programa Para La Conservación de Los Murciélagos Migratorios de México y Los Estados Unidos (PCMM).

Bat Conservation International (BCI) es una organización no lucrativa comprometida con la protección de los murciélagos y sus hábitats. BCI se dedica a esta área de la conservación tan singular, desafiante y desatendida a través de propiciar un cambio en las actitudes, y no por confrontación. Todos los esfuerzos de BCI están basados en investigación científica, educación del público y conservación directa.

El PCMM es una colaboración entre BCI, la Universidad Nacional Autónoma de México, la Asociación Mexicana de Mastozoología, USFWS, y otras universidades, organizaciones y agencias gubernamentales a ambos lados de la frontera. A través de investigación, educación y colaboraciones, el PCMM trabaja para recuperar y conservar las poblaciones de murciélagos migratorios que se mueven entre México y los Estados Unidos.

Programa Para La Conservación de Los Murciélagos Migratorios de México y Los Estados Unidos

Apartado Postal: 70-598
Admon: 70 C.P. 04511 México, D.F.